AF330854

Texte

composé par Gallé-Reinemer

aux

Allégories et Dicts de Lorraine

dessinés pour le

Dessert du Bon Roy Stanislaüs

par Émile Gallé.

Sy, que Lorrains, parlons par vers,
Tenons mauvaise rétorique;
Mais loyaux sommes, non pervers
Et qui nous pinct, très-fort se picque.

Chanson lorraine composée
pour l'entrée de René II de Bourbon
à Nancy 1516.

Plus penser que dire.

Ung Dict du pays de Bar.

En grande haste le Sire Duc de Lorraine,
bastu de l'ennemi et moult déconfit,
traversait ung iour sa fidèle Ville de Bar,
.... de Bar-le-Duc.

Grandement esperdues en leur denuement
furent les bonnes Dames de céans;
esperdues d'ung tel honneur, et d'ung pareil malheur,
.... hélas moult maries.

Audict Seigneur, en toute humilité
pour unique offrande, et sans nulle harangue,
vinrent porter dévotement trois Pensées fleuries,
.... sur ung plat d'argent.

Grandement émues estoient les bonnes Dames de Bar;
mais point tant, en les premant
les trois Pensées fleuries, qu'il ne le fust lui-même,
.... le noble Sire de Lorraine.

Mercy à vous, douces Dames, dit-il;
sans voyx demourez, qui tant m'aimez!
par simple offrande et sans longue harangue,
.... me portez à pleurer.

Restez, aux armes de ma Ville, à grand honneur,
gentes amies, pensées, de velours habillées,
sur ung champ d'argent; et subtile devise aurez;

Plus penser que dire!

A Madame la Comtesse de Tru
née Comtesse de Budé.

La Discorde régna toujours dans le Monde !

(La Fontaine)

Discordons-nous, je vous en prie, Bobonne, Discordons-nous ;
« L'ennui naquit un jour de l'uniformité, »
et voici bientôt cinquante ans que nous vivons en paix.

Voyez : mon épagneul est en querelle ouverte avec
minette, votre chatte qui tient déjà sa patte levée ;
mes abeilles abandonnant le travail se mutinent.
Imitons le ciel qui nous en donne l'exemple lui-même,
il s'est brouillé et les éléments font tapage.
Discordons-nous, je vous en prie, Bobonne, Discordons-nous !

Allons, soyez taquine, désagréable, et même un peu méchante,
je vous renverrai vos traits avec usure je vous le promets.
Que vos yeux brillent de fâcherie,
que vos dernières boucles de cheveux s'emmêlent,
que leurs faveurs nouées s'agitent et se menacent
comme les serpents de Méduse.

Puis, de même que le Ciel après l'averse
s'éclaircit, le sourire reparaîtra sur votre visage ;
Minette aura fait sa paix avec Azor,
les abeilles seront retournées au travail,
et nous, chère Bobonne, nous goûterons les plaisirs du raccommodement
et les joies de notre vieille harmonie.

Ces morceaux de vil métal qui se font souhaiter par les humains.

(La Fontaine.)

Dois-je l'aimer, faut-il le maudire,
ce double enjeu du Bien et du Mal,
L'or aux reflets de feu ?

Discret, il quitte la main du bienfaiteur
et sans bruit il pénètre en celle de l'espion ;
il sonne, ruisselant aux doigts du prodigue,
il va s'enfouir, terne, aux mains creuses de l'avare.

L'or est incorruptible.....il corrompt !

Il est le prix honnête du labeur âpre,
il est la solde du traître,
l'esclave lui doit sa rançon,
et le tyran avec lui étouffe la Liberté !

Ce Protée, ce roi du monde
comment le maudire pourtant ?
Dieu l'a placé dans le rayon de son soleil,
au calice des fleurs, sur l'aile du papillon,
et dans la main, Lectrice, de la charité.

Timeo Danaos et dona Ferentes.
Les Champignons.

———◦———

Locuste se dresse livide; à ses pieds
l'imprudente victime se débat, expirante?

Pour vous, docte Lecteur, ces mots:
Timeo Danaos, n'ont pas besoin d'explication.

Pour vous, Lectrice, qui n'ayant pas, je le suppose,
belligéré avec Virgile sous les murs de Troyes,
m'interrogez du regard, je répondrai:

C'est le conseil d'un sage Troyen qui redoutait
les Grecs, et surtout leurs présents

Croyez moi, disait il, les apparences sont trompeuses;
dans le doute il faut s'abstenir,
et, malgré les promesses qu'ils apportent,
je craindrai toujours les champignons,
voire même enfarinés, Belles Dames,
par vos mains divines. »

Eu bon Espoir !

Branche de pêcher.

Est-ce l'Espoir qu'apporte avec lui toujours
    chaque Printemps vert ?
Est-ce l'Espoir de la jeune mère,
    berçant son premier né ;
ou l'Espoir du cœur veillant au chevet d'un malade chéri ?

Serait-ce l'Espérance du prisonnier en la liberté ?
celle du naufragé dans le salut,
De l'exilé loin de sa patrie,
ou de l'affligé en Dieu ?

Choisis Lectrice :
Cette branche fleurie chargée de promesses,
    c'est la manne céleste
Offerte à tous les cœurs !

À tout vent, mon cœur.
L'Amourette.

Voilà bien la devise de l'inconstance :
c'est l'appel de l'amourette, la folâtre brindille,
aux haleines de mai; ou bien en les nuits de sabbat
celui de la girouette peureuse aux bonnes gens de la veillée.

Plus d'un seigneur à la Cour fait tourner vers le souffle
de la faveur les ailes de son moulin, où l'on entend
bruire cette chanson :

« À tout vent, mon cœur, »
et l'on dit au village, coquet moulin de la meunière,
que c'est aussi ton refrain.

C'est la devise des inconstantes amours..... et pourtant
je l'adopte, moi dont le cœur ne reste insensible ni fermé
à aucune des harmonies sans nombre que le bon Dieu
se plaît à jouer sur cet immense clavier de la nature.

Oui, car j'aime la brise amère venue des flots,
et le souffle pur échappé de vos lèvres;
Je suis le courtisan de ce premier zéphir qui vient bercer
la fleur pendante du noisetier;
j'adore les puissances déchaînées de la tempête,
et il me ravit encore, cet air calme d'automne, emportant
le fil de la Vierge en une assomption naïve,
à travers l'espace bleu.....
À tout vent donc mon cœur, à tous
les vents du ciel.....

Aux Trimazos !

(Dict du pays Vosgien).

Bergères pauvrettes,
Et simples fillettes,
Au premier Dimanche de Mai,
Moult matin nous avons levées.
      Aux Trimazos !
C'ôt lo maye, c'ôt n'ôt maye,
C'ôt lo joli moy de maye.

Des Vosges de Raon,
Aux neiges du Donon,
Elles sont déjà fleuries,
Les trimazas, les trimazos,
Tout partout dans les prairies.
Et voici lo maye, oh my maye,
Oh lo joli moy de maye !

En b r beaux bouquets,
Tout jeunes et tout frais,
Nous les portons au gros fermier,
Les portons au riche meunier,
Les trimazas, les trimazos :
C'ôt lo maye, c'ôt nôt maye,
Notre joli moy de maye.

Si rien ne voulez
Bonnes gens, nous donner :
Pour la Vierge, nous chanterons
      Les Trimazas ;
A l'Enfant Jésus nous porterons
      Les Trimazos ;
Ils nous donneront un doux maye, oh my maye,
Un joli moy de maye.

(1)   Cardamine pratensis.
(II)   Aux Cardamines des prés !
      C'est le Mai, c'est notre Mai.
      C'est le joli mois de Mai.

En haut les Cœurs !
La Giroflée.

Giroflée au parfum robuste pourquoi, dédaignant
le parterre tranquille, t'enfuir jusqu'au faîte de la ruine
battue des vents ?

» C'est que mon Calice est altéré d'air pur. »

» Comme l'hirondelle, ma voisine, je suspends mon nid »
» aux arceaux gothiques ; »
» Comme elle, j'aime à planer sur l'abime. »

» Un jour, m'effleurant de son aile, l'hirondelle m'a dit : »
» Amie, pour découvrir de loin la Patrie plus chaude »
» Et le climat plus doux, auquel tu aspires, »
» monte ? »

» monte encore, en haut toujours, »
» En haut les Cœurs ! »

Un peu, beaucoup, passionément, pas du tout !

Paquerette ?

Je suis la Marguerite discrète et bonne,
et tu voudrais, jeune fille,
en déchirant mon cœur, que je te livre
le secret du tien !

Ecoute plutôt mes conseils :

Sois timide ?
un peu ;

charitable et douce,
beaucoup ;

ne sois rien ?
passionément ;

Coquette ou légère ?
pas du tout.

La Pervenche.
Je vous regarde.

Qui êtes-vous Promeneur solitaire, pénétrant
au lieu paisible où je viens de naître?
Portez-vous vos pas vers la source fraîche
où se désaltère l'oiseau qui chante le Printemps?
Est-ce moi, pauvrette, seule et sans compagne encore
que vous cherchez?
Répondez: Confiante et heureuse
Je vous regarde!

Je suis le Botaniste ami:
vous êtes le regard bleu
qui m'attire dans l'ombre.

Haleine du Printemps, ne souffle plus,
oiseau chanteur fais silence;
que mon cœur seul respire et vive
Je la regarde!

Il en coûte trop pour briller dans le monde !

(Florian).

La tempête courbe et brise la tête du chêne séculaire
roi des forêts ;
impuissante elle passe sur le roseau qui ploie, mais se redresse.

C'est la cime du mont orgueilleux,
qu'abat la foudre,
et la roche Tarpeienne est près du Capitole !

Papillon, météore ailé de la prairie,
la gaze perfide te ravit la liberté
alors qu'elle dédaigne l'obscur vermisseau
caché dans l'herbe en fleurs.

Violette humble, pour ton parfum,
rose pour la parure,
insecte pour ta robe d'émail et d'or,
et vous, Humains, pour vos gloires,
et même pour votre génie,
Il faut l'expiation du Martyre !

La Cigale.

A tout venant je chantais !

(La Fontaine).

Chante, ma Pauvrette, chante toujours !
c'est l'aumône de la charité à tous,
sans compter.

Laisse passer la fourmi avare,
chante toujours !
Charme le Promeneur attardé, rêvant,
soutiens le Pèlerin fatigué.

Quand tout se tait dans la nature,
Compagne de l'étoile qui scintille au ciel,
alors que la terre s'est assombrie,
tu respires et tu chantes !

Pour mon cœur attendri
tu es l'espoir qui comme toi veille,
et ne s'endort pas !

Chante ma Pauvrette, chante toujours !
Et quand la voix d'en haut te dira :
« qu'as tu fait sur terre » ?
Tu répondras avec confiance :
« A tout venant je chantais » !

À l'Adventure !

(Le Tussilage)

Est-ce au Vent du hazard que,
semences de vie,
graines de toutes plantes,
Duvets d'oiseaux,
parfums des fleurs,
et vous, mes chères pensées,
vous errez ?

À l'Adventure ? non.

C'est la Providence qui guide
les germes de la vie
vers de nouveaux mondes ;
les graines des fleurs
vers leur Terre nourricière,
le duvet des oiseaux vers les nids,
les parfums vers les cœurs,
et ma pensée vers vous, Lectrice.

Non,
Dieu n'a rien confié ici-bas
À l'Adventure !